VENTE AUX ENCHÈRES PUBLIQUES

DE

Dessins, Aquarelles, Tableaux

OBJETS DE VITRINE

Éventail — Céramique — Châtelaine

BRONZES, MARBRES

Vitraux

MEUBLES

ANCIENS ET DE STYLE

Pour Bureau de Travail, Salon, Chambre à coucher
Meubles de Fantaisie

SIÈGES

ANCIENS ET DE STYLE

Canapé — Fauteuils — Chaises — Ameublement de Salon
en Aubusson de Style Louis XVI

TAPIS — CARPETTES D'ORIENT

HOTEL DROUOT, SALLE N° 11

LE VENDREDI 13 MARS 1914

A deux heures

Mᵉ GASTON FRANÇOIS   **M. R. BLÉE**
COMMISSAIRE-PRISEUR   Expert près le Tribunal civil de la Seine
23, rue Le Peletier   3, rue du Helder

EXPOSITION PUBLIQUE

Le Jeudi 12 Mars 1914, de 2 heures à 6 heures

CONDITIONS DE LA VENTE

Elle sera faite au comptant.

Les adjudicataires paieront *dix pour cent* en sus des enchères.

Paris. — Imp. de l'Art, Ch Berger, 41, rue de la Victoire.

DÉSIGNATION

AQUARELLES, DESSINS
TABLEAUX

1 — Environ cent vingt aquarelles ou dessins, pour servir de modèles de groupes, verres, appareils d'éclairage, etc., par JOSEPH CHÉRET. (Seront divisés.)

ÉCOLE FRANÇAISE (XIXᵉ siècle)

2 — *Paysage, coucher de soleil.*
    Panneau.

ÉCOLE ITALIENNE (XVIIᵉ siècle)

3 — *Suzanne et les Vieillards.*

4 — *Le Retour de l'enfant prodigue.*
    Deux grandes toiles.

ÉCOLE FRANÇAISE (XVIIᵉ siècle)

5 — *Portrait de Grande Dame.*
    Toile rectangulaire.

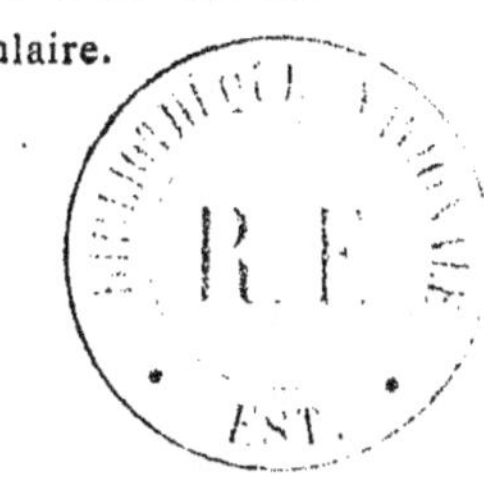

ÉCOLE FRANÇAISE (xviie siècle)

6 — *Portrait d'un Maréchal de France en cuirasse.*
   Toile ovale. Cadre en bois sculpté et doré.

BOURDON (Attribué à Sébastien)

7 — *Ruth la Moabite, glanant dans les blés de Booz.*
   (Ancien Testament.)

GILLOT (Attribué à Claude)

8 — *Enfants guerriers.*
   Dessin à la sanguine.

ÉCOLE FRANÇAISE (xviiie siècle)

9 — *La Musique.*
   Composition allégorique de jeune femme, amours et attributs. Dessin au crayon noir.

GUÉRIN (Th.)

10 — *La Mode en Angleterre en 1761.*
   — *La Mode en Angleterre en 1861.*
   Deux aquarelles gouachées.

10 *bis* — Gravure : *Washington.*

OBJETS DIVERS, CÉRAMIQUE

11 — Cheminée roulante Besson.

12 — Chien en céramique émaillée bleu.

13 — Deux vases arabes en terre et leur couvercle.

14 — Six bibelots d'étagère : statuettes, vases, etc. (Seront divisés.)

15 — Deux vases-cornets en porcelaine du Japon.

16 — Petit vase ovoïde en faïence blanche de Satsuma.

17 — Boîte de pistolets de combat et accessoires.

18 — Boîte rectangulaire en forme de volume, garnie de peluche et ornée de bronze.

19 — Trois bas-reliefs en terre cuite polychromée de J. Chéret, contenus dans un cadre, représentant une femme et un amour au clair de lune.

20 — Groupe en terre cuite : La Danse, par G. Calvet.

21 — Paire de vases en porcelaine de Copenhague.

22 — Vase en porcelaine de Chine, décor rose.

23 — Vase en grès flammé, à fond blanc.

24 — Vase en cristal, décor doré.

25 — Jumelle marine.

26 — Groupe en marbre : Fillette et chien.

27 — Groupe en biscuit de Sèvres (1902), représentant une jeune femme assise sur un banc, décorant un vase tenu par un amour.

28 — Petite bonbonnière en porcelaine blanche, décorée de deux papillons en émail cloisonné.

29 — Éventail en ivoire repoussé, à feuille décorée de personnages, camaïeu rose. Époque Louis XV.

30 — Grande vasque en céramique, décorée de femmes, d'amours et de papillons. Signée : *J. Chéret.* (*Édition Deck.*)

31 — Autre grande vasque en céramique, décorée au bord de feuillages et d'amours, et à la base de quatre anneaux formant anses. Signée : *J. Chéret.*

32 — Vase ovoïde en céladon vert pâle sur piédouche, décoré sur la panse d'une ronde d'amours. (*Édition Deck.*)

33 — Feuille de vitrail, représentant deux têtes de Saintes Femmes. xviie siècle.

34 — Feuille de vitrail, représentant une tête d'évêque. xviie siècle.

35 — Feuille de vitrail, représentant la Crêche. xvi.[e] siècle.

36 — Divinité bouddhique debout en bronze, sur socle quadrangulaire à inscriptions.

37 — Éventail en ivoire sculpté repercé et appliqué d'argent avec feuille ornée d'une scène de personnages gouachés. Époque Louis XVI.

38 — Autre éventail en nacre repercé et feuille en peau décorée de personnages et de volatiles. Époque Louis XVI.

39 — Châtelaine en or, ornée d'émaux peints et de perles. Style Louis XVI.

40 — Montre en or, décorée d'émaux et de perles. xviiie siècle.

BRONZES, MARBRES, GLACES

41 — Encrier en bronze.

42 à 46 — Quinze morceaux de dentelles modernes diverses : Milan, Venise, Flandres, Richelieu, Irlande, etc , etc. (Seront divisés.)

47 — Jardinière en métal, de style Louis XV.

48 — Paire d'appliques à gaz : chimères en fer forgé, à trois lumières chacune.

49 — Paire de chenets en cuivre, style Louis XV, avec petit personnage.

5o — Paire d'appliques en bronze, à dauphin, rinceaux et perles de cristal. Montées pour l'électricité.

51 — Paire de chenets en bronze doré, à galerie fleurdelisée surmontée d'un aigle aux ailes éployées tenant les foudres. Style Louis XVI.

52 — Paire de candélabres à trois lumières, de style Louis XV, à sujets enfants, en bronze patiné.

53 — Lampe électrique en bronze doré, formée d'un enfant en bronze patiné portant les deux lumières.

54 — Deux lampes à trois lumières électriques, formées chacune d'un vase-bouteille en ancienne faïence de Delft. Abat-jour en soie.

55 — Deux chandeliers en cuivre. Époque Louis XVI.

56 — Jolie petite lanterne d'antichambre, à pans coupés et facettes en bronze finement ciselé et doré, cariatides surmontées d'une couronne, de style Louis XVI.

57 — Garniture de cheminée en marbre blanc et bronze ciselé et doré, composée d'une pendule en forme de lyre avec cadran cerclé de strass, et de deux candélabres à quatre lumières.

58 — Colonne en onyx et cuivre.

59 — Colonne en marbre veiné, à chapiteau et base en bronze ciselé, de style corinthien.

60 — Grande lampe colonne à pétrole, en onyx et bronze, de style Louis XVI.

61 — Lampe colonne en cristal.

62 — Vase en cristal violet taillé.

63 — Buste de Diane en bronze, sur socle marbre rouge.

64 — Buste de jeune femme en marbre blanc sculpté, bonnet et vêtement en bronze ciselé.

65 — Bronze : *Chasseur de renard*, de MÈNE.

66 — Chien étendu en bronze, de FRÉMIET.

67 — Glace à fronton, à attributs du Commerce, en bois sculpté redoré. XVIIIe siècle.

68 — Glace-psyché de table, à cadre en argent ciselé, de style Louis XV.

69 — Petite-glace psyché de table; cadre en bois finement sculpté et doré, de style Louis XV.

70 — Glace de cheminée en bois sculpté et laqué rechampi rose. Style Louis XVI.

71 — Autre glace, à cadre en peluche vert mousse.

72 — Glace anglaise à tablettes et cadre laqués.

73 — Glace à cadre treillis en bois laqué.

74 — Glace de salle à manger, de style Renaissance, en noyer ciré.

MEUBLES

75 — Étagère d'encoignure chinoise.

76 — Petit cabinet en noyer sculpté, à personnages ouvrant à une porte et contenant des petits tiroirs à l'intérieur. XVIIe siècle.

77 — Coffret en noyer et bois noirci gravé de figures allégoriques. XVIIe siècle.

78 — Écran de foyer formée d'une chasuble en soie brodée du XVIIe siècle, montée sur un pied en bois.

79 — Table à volets en bois de placage et marqueterie à fleurs et rinceaux. Style Louis XV.

80 — Porte-parapluies en noyer sculpté de style gothique,

81 — Argentier, de style Louis XVI, en chêne sculpté ; le corps du haut est vitré, celui du bas ouvre à deux portes pleines.

82 — Vitrine en bois sculpté doré, à entrejambes canné.

83 — Bureau plat en acajou, de style Louis XVI.

84 — Table-bureau en bois de rose et satiné et bronzes ; dessus en cuir. Style Louis XVI.

85 — Table de nuit en acajou et cuivre. Époque Louis XVI.

86 — Table-coiffeuse, ornee de filets de marqueterie et d'attributs. XVIIIe siècle.

87 — Petite table liseuse, de style Louis XV, en marqueterie, ouvrant à plusieurs tiroirs, dont un secret.

88 — Petite table à thé en acajou, à filets cuivre, de forme hexagonale, à trois plateaux.

89 — Petite table à ouvrage en forme de lyre.

90 — Bahut en acajou, en forme de demi-lune, à dessus de marbre, ouvrant à deux portes et à deux rideaux.

91 — Table à jeu demi-lune en marqueterie.

92 — Petite table, à trois tiroirs, en bois noirci, de style Louis XV, à dessus de marbre rouge et galerie.

93 — Petite table à ouvrage, garnie de peluche et soierie ; tablette en glace.

94 — Petite table, garnie de peluche et soierie ; tablette en glace.

95 — Toilette en bois peint et carreaux de faïence.

96 — Commode en bois laqué avec glace.

97 — Petite table laquée, de style Louis XV.

98 — Deux socles en bois, garnis l'un de fragment d'ancienne tapisserie, l'autre de peluche.

99 — Trois porte-parapluies ronds en bois sculpté et peint.

100 — Guéridon en palissandre, orné de bronzes. Style Louis XV.

101 — Vitrine ouvrant à une porte, en palissandre, ornée de bronzes. Style Louis XV.

102 — Console d'angle en bois sculpté et doré, de style Louis XVI.

103 — Petite table en palissandre et bronze, de style Louis XV.

104 — Chiffonnier en bois laqué, à six cartons.

105 — Table à ouvrage en acajou à quatre colonnes. Epoque Empire.

106 — Table de nuit en bois laqué, de style Louis XV.

107 — Table à ouvrage, de forme contournée en bois de placage. Style Louis XV.

108 — Table-bureau en palissandre, garnie de bronze.

109 — Commode demi-lune en acajou, bois de rose et marqueterie, ornée de bronze ; dessus de marbre blanc. Style Louis XVI.

110 — Encoignure en palissandre, garnie de bronzes ; dessus de marbre. Style Louis XVI.

111 — Grand bureau plat en palissandre, garni de bronze. Style Louis XV.

112 — Table à jeu en marqueterie, genre Boulle, et bronze.

113 — Coiffeuse en bois de rose, bois satiné et marqueterie de bois de placage, ornements en bronze ciselé et doré, de style Louis XV.

114 — Cabinet de travail en acajou sculpté, orné de bronzes, style Louis XVI, comprenant : 1° une bibliothèque ouvrant à trois portes grillagées.

115 — 2° Un bureau plat à pieds gaines.

116 — 3° Un fauteuil de bureau canné.

117 — 4° Deux chaises cannées.

118 — Armoire à une porte à glace en pitchpin, décorée de fleurs.

119-120 — Deux armoires à glace à une porte, à colonnes détachées, bois sculpté et plaqué, de style Louis XVI.

SIÈGES

121 — Fauteuil en bois naturel sculpté et canné. Époque Régence.

122 — Deux grandes chaises en noyer sculpté à pieds griffes, recouvertes de cuir armorié et brodé.

123 — Trois chaises légères en bois sculpté et doré, de style Louis XVI.

124 — Petite banquette à dossier bas en bois sculpté et doré, recouverte de soierie brochée. Style Louis XVI.

125 — Fauteuil crapaud, recouvert de peluche brodée.

126 — Tabouret de pieds en bois sculpté et doré, de style Louis XIV, recouvert de soierie brochée ancienne.

127 — Fauteuil à joues en bois sculpté et doré et soierie brochée ancienne, de style Louis XV.

128 — Chaise longue en peluche brodée.

129 — Bergère à oreilles en bois sculpté, recouverte de velours rouge frappé.

130 — Fauteuil de bureau canné, de style Louis XV.

131 — Fauteuil à dossier articulé en noyer et cuir. xviie siècle.

132 — Deux chaises à haut dossier en noyer tourné, recouvertes de broderie au point de Hongrie. xviie siècle.

133 — Petit canapé en noyer sculpté, recouvert de soierie brochée, de style Louis XV.

134 — Grand fauteuil en noyer sculpté, de style Régence, recouvert d'ancienne tapisserie au point à animaux et fleurs sur fond tête de nègre.

135 — Pouf en bois sculpté et doré, recouvert de soierie brochée. Style Louis XV.

136 — Deux fauteuils en bois sculpté et doré, recouverts de soierie brochée à fleurs, de style Louis XV.

137 — Deux chaises en bois sculpté, à feuillage peint en vert et rouge. Style Louis XV.

138 — Chaise en noyer sculpté et canné, de style Régence.

139 — Grand fauteuil, de style Louis XIV, recouvert de tapisserie moderne à grandes fleurs polychromes.

140 — Fauteuil en X, de forme basse, en palissandre orné d'incrustations d'ivoire, avec siège en velours rouge.

141 — Fauteuil en X en bois noir sculpté.

142 — Ameublement de salon, comprenant : un canapé, quatre fauteuils en bois sculpté et doré, recouvert de tapisserie d'Aubusson, à décor de rinceaux fleuris sur fond crème. Style Louis XVI.

143 — Ameublement de salon, recouvert de tapisserie en Aubusson moderne, composé de : un canapé, quatre fauteuils, six chaises.

144 — Grande table de salon en bois doré.

145 — Coffre-fort, avec entourage en acajou formant vitrine.

TAPIS

146 — Tapis galerie persan. — 2 m. 20 cent. sur 1 m. 38 cent.

147 — Tapis galerie, à bordure polychrome.

148 — Tapis carpette, à encadrement fleurs.

149 — Tapis de prière, à bordure fleurie.

150 — Autre tapis de prière, à décor fleurs.

151 — Tapis carpette, à décor fleurs et encadrement polychrome.

152 — Tapis moquette et tibaude.

153 — Carpette à fond rouge, dessins oriental. — 3 mètres sur 2 mètres.

154 — Tapis d'Orient à fond vieux bleu, bordure rose. — 1 m. 60 cent. sur 1 mètre.

155 — Tapis d'Orient brodé, ornement polychrome.

156 — Tapis d'Orient, à dessins polychromes; bordure
variée.

157 — Tapis persan, à décor varié; bordure polychrome.

158 — Tapis persan, à fond rouge, dessin polychrome.

159 — Tapis d'Orient, à fond bleu, décor polychrome.

160 — Tapis de prière Koula, à décor d'architecture
polychrome.

161 — Objets omis.